五行歌集

小倉はじめ百首

小倉はじめ
Ogura Hajime

そらまめ文庫

目次

第一章

小倉はじめ百首

いい年に
したいわね
と
妻の声に
あーとだけ

母が　また父が
逝った
これも運命《さだめ》と
つぶやく妻に
言葉見つからず

あしたは
あやまろう
物干し竿の向こうの
月に告げた
口論のあと

桜の花に
夕暮れは
似合う
西日を背にした
妻もいい

火中の栗を拾いにいく
またですか
いいかげんに
しといたら
妻にクギさされた

わらじを編む
節くれだった
祖父の手を
見ていた
そう七十年も前になる

雪に埋もれた
山里で
いい年を願い
夜なべに
縄を編んでいる

わたしの
優しさと正直さは
胎内で
母に
もろたんや

明治生まれの母
そのしわに
喜びや
涙したことを
埋め込んでいる

こつこつと
毎日やってたら
いつか
きっとできあがる
母の口癖やったな

いよいよ
介護の覚悟
しなければ
老いた母の
足取りを見て

眠れなかったが
いつもの
ように
身支度する
定年の朝

会社を
離れ
初めて
見えた
会社の素顔

あなた
何ができますか
と問われて
返す言葉に
つまる

向こうに
何があるかを
確かめたくて
果てのない旅が
またつづく

こだわりを
無くしたら
自分でなくなるような
そんな気がして
こだわっている

自分らしさを
忘れてた
会いにいく
パスポートを
買い求めなければ

「わかった」の
言葉どおりでは
ないと
本当の意味を
推し量っている

与えられた命
活かしているのか
自らに問う
同僚の通夜の
帰り道

そうかいな
そうかも知れん
小さい頃から
あんたは
そやったしなぁ

注文をくれた
大将の
一言
「お前のモノサシが
気にいったんや」

あっこんなに
車全体に
貼りついた夜露
秋の深さと共に
シートに座る

窓越しに
川霧が
立ち昇っている
春はまだなのか
寒い

湖畔の
菜の花畑
比良の山並み従え
どうだと
胸張ってくる

冠雪が
光っている
比良の山並みに
たしかな
春の息吹

百年生きてきた
細いけれど節くれだった
牡丹の幹
花守の心に
今も応えている。

山際はくっきり
彫り深く
湧き上がる
入道雲
夏がくる

茗荷が届いた
素麺
いや
おかかまぶして冷酒《ひやざけ》
夏の昼下がり

今年も
届いた
白い桃
まだ元気の
便りをのせて

今日は冷えた
芹の根っこ
あの風味と出汁
熱燗にきりたんぽが
誘ってくる

訪ね歩いた
居酒屋
心の
もてなしに
酔いがまわる

あんちゃん
湿った心では
根も腐るべー
こっちさ来て
スルメ齧り一杯やりな

丸太棒のような
枝を従えた大木
寒空にすっくと立ち
空を持ち上げて
いるようだ

水面の
浮き草は
あたりまえのように
身をあずけて
流れる

湧いている清水は
私が生まれる前の
雨かも知れない
この大地の
時間軸の長さ

あと一息
あと一息だ
ペダルを
踏む足に
力がはいる

また一つ
峠はこえた
みやこは
あの山のむこう
わらじのひも結びなおす

花を咲かす
その下で
根っこは
交錯と葛藤を
続けている

今は
昴ぶりも
気負いもなく
荒波と戦う
覚悟ができてきた

白樺を
赫く染めて
日が昇る
勢いに満ちた顔が
また現れる

まっすぐに
伸びた杉は
葛藤と争いなど
なかったように
すっくと立っている

沈みかけた陽が
最後の力ふり絞り
びわ湖を
黄金色に塗りこめる
その営みに敬する

日がしずみ
輪郭くっきり
みせた山
いく万年生きた
たくましさ

ここは
ピアノの音もしない
一人ぼっちの夜
壁に向かって
グラスを傾ける

使い古した
キャンバス
その上に
また一つ
恥を塗り重ねてみるか

それは
たった一粒の
種から始まった
そんな
種でありたい

与えられた
時は
そこまでか
刻《とき》の重みを
かみしめる

あそこまで
歩いてみよう
あの頃の
匂いが
残っているから

声が
聞こえない
心の
耳で
聞くしかない

潮目を
乗り切って
目覚めた朝
空気も
澄みきっている

今日もまた
やったねと
いえる
日に
できたら

ジャンヌダルクを
求めてはいない
しかし
誰かが火の粉をかぶる
覚悟がいるのです

中島みゆきの
「時代」
ハイボール片手に
しみじみ聴いている
コロナ禍の巣ごもり

鞍馬の
千年杉は
知っている
陽はまた
昇ってくることを

朽ちた防風柵に
手をおいて
一人佇んでいる老婆
北の夕暮れは
なぜか物悲しい

千鳥足での
帰り途
藪蚊にやられた
奴も
酔ったのかフラフラ

稲が実って
おじぎしている
無事にここまで
こられたこと
周りに感謝しながら

箸を落とす
コップを倒す
名前が出てこない
でも
まだ賞味期限内か

知らない町の
知らない店で
ひとり杯をほす
ふと　話しかけられて
心がなごむ

あんた知ってる
行器《ほかい》って
料理を運ぶものやって
平安の頃からあるそうやで
うまいことつけてはるな

こうなるといい
思っていると
一つまた一つ
整ってくる
ほい　ほい　ほい

京の飲み屋街に
「くろこ」という名の店
目立たず
支える脇が好きでと
店主の矜持

あっ
あれ
忘れてる
あれも
寝遅れた深夜

節は
汗して
伸ばした
繋いだ
証だ

本場のミュンヘン
ソーセージほおばり
大ジョッキでグイー
ジャンボ宝くじ売場での
ちっちゃな妄想

思い切ってやろうと
昨日は考えた
一夜明けると
すねの傷が
またブレーキをかけてくる

ある人の話
わたしは
三十年前からザウルスという
電子手帳使ってた
スマホなんて怖くない

あの卵から
たった二十一日で
いろいろな働きをもつ
細胞になっていく
自然の驚異

ねー
あの人って
どう思う
同じ答えを求めて
あんたは聞いてくる

この道拓かんと
三十年
ここまできた
鬼籍の友しのんで
一人手酌酒

お前
立派になったな
お前に
そう言われると
ちょっとうれしいな

ずいぶん教えられた
助けられもした
「余はいぬるぞ」
目を瞑れば
声がする

諍いもあった
大きな声で
諭されもした
ついに
別れの日はきた

あの頃の
混じり気のない
眼差しで
あなたは
また見つめてくる

やればやるほど
まだ奥がある
このあたりにして
ほしい
この宿題

まっとうが一番
悪いことしたら
あかん
母の口癖が
浮かんでくる

あなたに
自信という
大切な種をあげよう
今の努力
続けられるならば

友と
些細なことで
疎遠に
心の中に専用スペース
設えておくべきだった

モスクワからレニングラード
寝台列車で朝に着いた
うまかった酸味の効いた黒パン
八十年代のあの頃
そこには平和な時間が流れていた

大雁塔を赤く染め
沈んでいく夕陽
威厳に満ちたそのさま
三蔵法師も見ていた
西安の晩秋

流氷の岩壁
ひとり佇つ漁師
アムールからの恵み
今年も届いた
この営みがうれしいと

伸ばせば
掬えるように
そこにある
南十字星
地球は宙の中なのだ

人口三万
南氷洋を臨む
かつての捕鯨基地
アルバニー
今は人影も少なく

南極に一番近い
居酒屋に
熱燗とひじきが
西豪州の小さな町の
プチ日本に感激

コツコツ積み重ね
やり切ったプロジェクト
それは組みあがった
石垣のよう
姿がうつくしい

鯛のあら炊き
濃いめ甘めの
つゆだくもいい
漁場の朝めし
豪快だ

冷やしがいい
喉ごしのさわやかさ
つるつるの食感
稲庭も
半田もいいね

皺がれた手で
ひたいの汗拭う老農夫
真っ赤な夕陽が
頬を紅く染めてくる
お疲れ様が似合う刻《とき》

見えているのは
奥底の
襞を
包み込んだ
包装紙

新しい時代とは
傲慢とエゴを
持った怪物である
たくさんの人が積み上げた
石の上を平気でやってくる

雲の上ちょこっと
覗いてみた
いた あの人 あの人も
笑いでいっぱい
あんたは まだまだ早いでと

こんな
おもいを
どこに秘めていた
五行歌で知る
友の素顔

君がまいた
たった一粒の種
縦糸と横糸交差しながら
その糸は
今日も紡がれている

京は
大人になる
術《すべ》を
そっと教えてくれる
知らんけど

病棟の
夜は
早い
ＬＥＤ消して
縄文人になる

きょう用がある
きょう行くところがある
頑張っとるで
そう　それはいい
うなずく彼岸の母

汗と
涙と
みんなの
思いをのせた
祭りが終わる

落ちついている
風が
やさしい
ここが
私の棲家

歌つむぎ
皆と
迎える
三十年
一緒できてうれしい

今年どんな
ご褒美があったの
そうさな
こうしてビールが
飲めていることかな

第二章　おかげさまで　～はじめのつぶやき～

1　五行歌人生の始まり

この出会い
こんな思いもあると
歌の数々が教えてくれた
心の道場と
なった

1997年きんきサロン初参加時

私の五行歌人生の始まりは、一九九七年十月、京都のきんきサロン第十九回歌会へ出席からだった。その年、三十年間勤めた環境試験機メーカーで業界トップだった㈱エスペックを退職し、他企業へ転職することになって、代理店でとりわけ懇意にしてもらっていた名古屋地区の岡野さんから、

「わしは今こんなことやっている。転職すると、これから付き合いの場所が減るかもしれない。そんな時、こんな場所もあるで！」

と薦められたのが五行歌。先に退職し、同僚だった良元さんが、岡野さんからの勧めで既にやっている。との言もあって、やってみるかと決意。

当時、関西に五行歌の歌会としては、京都にきんきサロン、大阪に、大井修一郎さんが大阪歌会を立ち上げたところで、この二つしかなかった。どちらにしようと悩んだが、在住の滋賀から近い京都に。

当時のきんきサロン代表は、週二回の透析通院しながら、歌会歌集も手書きで作成と懸命に引っ張ってくれていた高田蘇水さんだった。新文芸として五行歌を定着させたいとの強い思いを感じていた。歌会会場の光琳閣支配人だった泊舟さん、東風柳朴

伝さん、栗本博史さんや主宰のお兄さんの三好茂弘さん、高山三郎さんと、男性陣が引っ張っている感じだったが、女性陣も玉虫さん、山﨑美砂子さん、上田ゆきこさん、大鹿節子さん、松山佐代子さん、城雅代さん、木村田鶴子さん、下瀬晶子さん、嘉瀬景子さん、阿島智香子さん、すえつむはなこさん、HIKARIKOさんなど多士済々。

今から振り返ってみても、すごい歌人だらけだったあの頃は！　と改めて思う。新参者の私を、席が隣り合うと三好茂弘さんは、日常の風景のスナップ写真のように切り取りでいい。自分の言葉でつぶやけばいい。こんな皆さんにやさしく迎えていただいた。

歌会の後の一杯、余韻会という名称だったが、烏丸御池や四条近辺の居酒屋でのワイガヤもいい時間で、月に一回の歌会が、苦痛ではなくて、段々と楽しみになっていった。草壁主宰もほぼ毎月京都入されるなど、関西の拠点たらんとの熱い空気感が漂っていた。そう二十七年前、五十三才の時だった。

2　五行歌のゆりかごだった光琳閣

この畳が
この机が
私の心を
磨いてくれた
さらば　光琳閣よ

1999年　新年歌会（光琳閣玄関前）

初期の歌会場光琳閣は、京都市営地下鉄「烏丸御池」下車し御池通りを少し西に、二筋目の室町通りを上がって約五分。この界隈は呉服の問屋さんが立ち並ぶ落ち着いた町並みで、まさしく「ザ・京都」という感じだった。和装業界の中心地室町で、展示会場として有用な務めを担っていた光琳閣。業界の衰退とともに経営が厳しくなり、取り壊されマンションへと変化していった。

きんきサロンは、第三回から第六十回まで、六年間に渡っての歌会会場として使わせていただいた。発足間もない揺籃期のきんきサロン、五行歌活動を本当に下支えしていただいた。今から考えると、光琳閣は「きんきのゆりかご」、いや「五行歌のゆりかご」だったとも云える。

二〇二三年きんきサロンは三〇〇回を迎えたが、こういう場所を持てた、持っていたことが、今日の継続を実現できている「それは、大変大きな事であった」と改めて思う。地下一階、地上三階の城郭を思わせるような外観、和室での歌会、喫茶室での歓談や打ち合わせ、地下室での忘年パーティなどなど、駅近で、これほど便利に、活用させていただき感謝しかない。

光琳閣での最後の歌会、きんきサロン六十回。その時の歌、私の歌は、この章の冒頭に記載した。他の人の歌も掲載させていただく。

迎えられ
育まれ
基軸となった
光琳閣タイム
生き続けます

HIKARIKO

祭りの笛の音
光琳閣を
包みこみ
うたびとは
旅立つ

玉虫

六十回分の一だけど
僕もあなたの
かけがえのない
光琳閣号の
乗員

いぶやん

ありがとう光琳閣
いつまでも忘れない
歌ってこれたのは　君の
援助の
お陰だよ

山﨑美砂子

祭りの
囃子が
心の
外を
通りすぎる

泊　舟

誰にも
あるだろう
夢を
灯した
一つの館

草壁焰太

3　泊舟さん、東風柳さんのこと

出会えたこと
大きかった
ぶつかったし
しんみりもした
悔いのない時間だった

2002 年　京都全国大会

五行歌人生二十七年、大変多くの歌人の方々と交流させていただき、それまでにない感銘や薫陶をうけ、自分自身の幅の拡大に大いに寄与してくれた。「ありがとう！五行歌」の気持ちである。

そんな中で、近しい間柄で、最も影響度の大きかったのは、泊舟さんである。光琳閣の支配人でもあり、光琳閣を会場にして「サロン・ド・むろまち」という異業種交流の場も運営されていた。われわれ五行歌メンバーも気軽に出入りさせていただいた。狂言師、仏師、京の伝統工芸士、ハーモニカ・二胡・琵琶等の演奏者、歌舞伎観劇のプロ等、時には女子バレー金メダリストの講演、まさしく京都の第一線で活躍されている人達との生きた交流ができた。

光琳閣閉鎖と共になくなってしまったが、歌会とは別に大きなインパクトを与えてくれたものである。この事例のように、幅広い人脈と、それらを掌握できるマネジメント力や知識に裏付けされた人柄は、皆さんご承知のように、五行歌界でも同様の存在感を生んでいた。時には、進め方での諍いもあったりはしたが、最も薫陶を受けた人である。

その次は、東風柳朴伝さん。思い込むと他人の目は気にせず周囲の人を巻き込みながら突っ走る行動力は、特筆もの。その行動力から新しい人を歌会への勧誘実績も飛び抜けていた。歌会発足もきんきサロンのネーミングも、彼からのものであり、正真正銘の生みの親である。彼の住まいは三井寺の近くで、その縁から三井寺の塔頭を会場とした歌会を立ち上げたが、健康問題から閉鎖となるまで数年続いた。最晩年は、視力障害で、ヘルパーさんの手をかりなければとの状態になっても新たに歌会を立ち上げるパワーを見せていた。その後、入退院を繰り返しながら二〇二二年不帰の人となってしまった。コロナ禍の中、奥さんの計らいで、われわれ五行歌人数名は、対面でお別れをすることができた。今もがんばっているよ！　と報告したが、三〇〇回を迎え、なお継続できていること、泊舟さんともども本当に喜んでくれていると思う。

章頭の写真は、皆でホストとして、実施した全国大会京都の写真。一七〇名の参加で、歌会は知恩院、バンケットは京都国際ホテル。小歌会形式に踏み切ったのも初だった。もう二十二年も前になるが、泊舟さん、東風柳さんお元気だった。

4　植物工場のこと

生きた証に
見知らぬ国の
砂に
思いの種を
撒く

大阪府立大学量産施設稼働開始時

仕事面では、一九八八年エスペック社の中で新規事業として開発チームを率いて、取り組んだのが植物工場であった。環境調節技術を活用し農業分野での新しいビジネスモデル構築と、自社の事業領域拡大にもつなげたいとの思いからであった。

人工光源を利用して閉鎖空間でレタスを栽培する手法は、当時は黎明期であり、ものづくり系の工業界からの新規参入ブームで、我々もその中の一社であった。

この年、同じく事業化を志向している業界連合で、オランダ・スウェーデン・フィンランド・ベルギー・ドイツなどの北ヨーロッパ視察に出向いた。チェルノブイリ原発事故の後で、ヨーロッパでは、生食するレタスは隔離されたシェルターの中で栽培したものしか食べない。その影響で、いわゆる植物工場でのレタス生産が浸透、発展中であり、大いに元気づけられたものである。

以来所属会社は都度変わったが、三〇余年この分野に携われて、思い出に残る仕事、いくつも残すことができた。例えば、M式水耕研究所時代、東京駅近く大手町ビル地下でのパソナ社による植物工場展示施設。稲・レタス・トマトなどが栽培され、当時の小泉首相など多くの見学者が訪れ話題となった施設。日本の植物工場の創始者である高辻正基先生（現日本生物環境工学会名誉理事長）監修のもと、業界団体チームの一員として、設計から運用までサポートさせていただいた。

二〇〇九年経済産業省、農林水産省の支援を受けて、全国に研究開発拠点整備事業が展開されることとなった。私は、大阪府立大学植物工場研究センターの整備事業、研究施設工事から運営まで、七年間にわたっての支援に携わる事となった。後半では、大学施設としては初めてとなる日産六〇〇〇株生産の量産施設、光源全面ＬＥＤ化、自動搬送システム導入など取り入れ先進施設で建設から運営面のしくみ作りなど担った。

いい仲間にも恵まれて、この分野における代表的施設に関与できたこと喜んでいる。

5　海外出張のこと

冬の宮殿は
帝政ロシアの華を
纏って
ネヴァ川に
今も佇つ

エルミタージュ美術館の前

若い頃から海外出張が多い方だった。そこで感じていた事が、2つ。まず電話がかかってこない。と楽な一面と、例え、専門外の内容でもそこでは自分しかいない。他責に頼らず自己解決の検討を求められる事であった。

エスペック時代では、旧ソ連、中国、韓国、シンガポール、アメリカと技術ネゴや展示会アテンドで色々と出かけることができた。その中でも印象に残っているのは、一九九一年革命によってソ連は崩壊し新生ロシアが誕生するが、旧ソ連時代の一九八四年、四十才の時、二回目のモスクワ出張だった。モスクワでの個展開催で、技術ネゴ要員としてのものだった。

完全週休二日なので、土日は休日。金曜の夜、仲間と一緒に夜行列車でレニングラード（現在のサンクトペルブルグ）へ。当時は、外国人はビザで指定されている地域以外は、入ることができないレギュレーションで、モスクワ以外の所へ行くので、当然ビザ変更申請から必要ではあったが、週末をゆっくりとのボスのはからいでの週末旅だった。

午後十時ホテルに迎えのリムジンが到着し、鉄道の駅では列車に横付け、乗車。朝方レニングラードに到着。駅にはリムジンが待っており、ホテルへ直行。まるでVIP待遇でびっくりしたが、現地人と交流の機会をなくすとの保安上の隔離手段だったという。ホテルはエルミタージュ美術館へも徒歩圏内の五つ星ホテル。そこの朝食での酸味のある黒パンが美味しかった。

エルミタージュ美術館も行った。日本語案内は無かったので英語ガイドツアーに混じって、あまり理解できなかったが展示点数の多さと宮殿造りの豪華さに圧倒される。ここはロシア皇帝の冬の宮殿だったそうで、女帝エカテリーナ二世の権力の絶大さも実感できて楽しかった。帰りの飛行機もVIP待遇。リムジンで空港へ、誰も乗り込んでいない機内へ、どこでも好きに座っていいと。えっマジ！　だった。モスクワの空港からまたリムジンでホテルへ。それ以来、未だに経験できていない偽VIP経験である。

中国でも西安での兵馬俑、西安駅近くの餃子店、オーストラリアのパースからプロペラ機で入った南氷洋に面したアルバニー。ドバイで植物工場をと訪問したアラビア圏。お陰様で数多くの国を訪れることができ、その国の現地の人々と、そこで働いている日本人の方々と触れ合うことができた。その経験が、多様性を許容しながら生きていこうとする考え方や、人付き合いの基本となる自分の背骨が形成されたのではないかと感謝している。

6 良元《よしはじめ》さん、今南道也《こんなんどうや》さんのこと

同じ
釜の飯を食った
お互い
自分を
譲らんかったなぁ

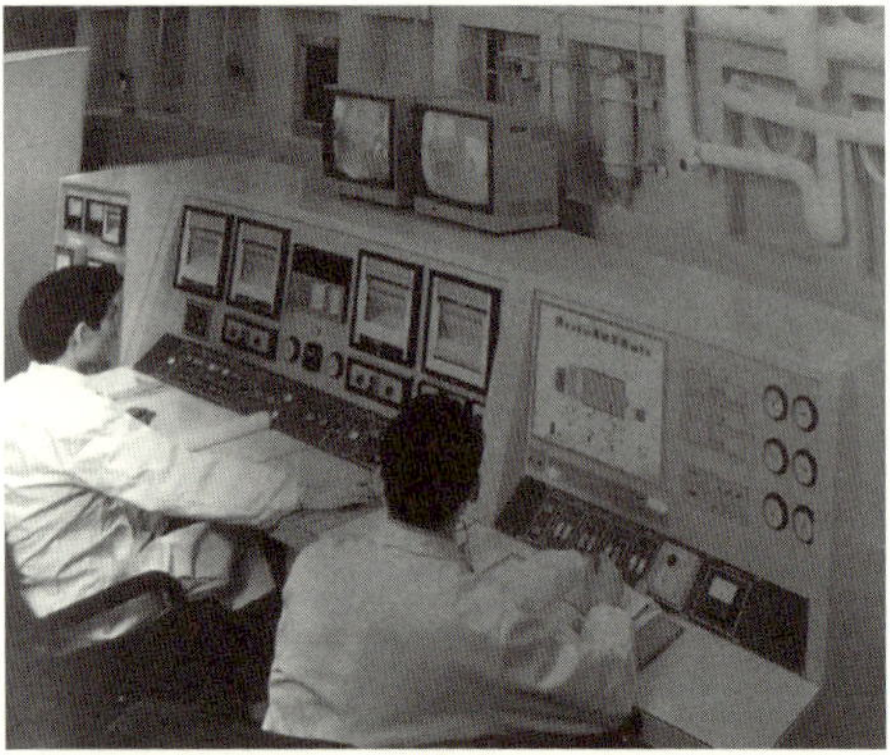

名大架橋医学研究所低圧シミュレーター

会社で同僚だった良元さん、今南道也さんのことに少し触れてみたい。お二人は営業畑、私は技術畑だったので、あまり一緒に仕事をする機会も少なかったけれど、一九七九年名古屋大学環境医学研究所での人間を中に入れて低圧（高度一万mとか富士山頂の三八〇〇mの気圧）環境を作り出せるシミュレーターの予算がついた。との営業サイドからの一報があり、受注に向けて社内プロジェクトチームが立ち上がった。

良元さんは、当時名古屋営業所の所長だった。私は技術チームとして、良元さんとタッグを組んであたることとなった。顧客の先生方との打ち合わせも何回も重ねた。名古屋大学環境医学研究所という組織は、高所環境下でのホルモン・循環器・心理など六部門からなる基礎医学系研究所で、日本でもここだけとなる貴重な研究組織であった。提案提出、プレゼン合戦など、今でいうコンペのような形で、幸いにも成約することができた。

この過程を通じて、良元さん、わたしの人間関係が構築され、以後のおつきあいに発展していく原点となった。この装置は低圧に耐えることができる鉄製タンクの中に、人間が入ることができ、数日滞在することも可能で、トイレもあるし、食事を中に届けることができる圧力調整できるサービスポートなどが備えられている。写真は低圧室の前に備えられた制御装置である。

この装置の果たすべきミッションは、例えば、エベレストの高地（低圧）環境にして、中の人間の生理生態はどう変化するのかなど、各種測定装置活用して、ホルモン系・循環器系・心理系などの基礎データ収集するもので、高所医学に大きな功績を残した施設である。

エベレスト無酸素登頂を実現した禿さんや、日本人初の宇宙飛行士となった毛利さん、土井さん、向井さんなどもこの施設活用しトレーニングされた。長良川の鵜飼を楽しみながら祝杯を挙げたこと、未だに思い出深い。

今南さんは、伝説の営業マンで数々の逸話が残っているが、わたし的には麻雀仲間であった。会議の後、寄ってきて目顔で誘われると断れなかった。同年代であり、彼の歌には随分刺激をもらっていた。早い逝去は、彼らしく駆け抜けていってしまって、もう卓を囲むこともできなくなった。非常に淋しいが、こういう仲間に囲まれていたこと、誇らしく思っている。

7　傘寿を迎えて

ここまで無事に
やってこられたこと
出会った皆さんの
おかげと
心から思う

イチゴの水耕施設

仕事的には、昨年まで関与していたイチゴの水耕栽培「培地レス栽培」の実用化が最後の仕事となった。「イチゴ培地レス栽培技術の確立」をテーマにして応募した国プロに採択され二〇二〇年四月〜二〇二三年三月の三カ年に亘るプロジェクトであった。

豊橋技術科学大学の高山教授（研究統括）のもと、大阪府立大学、九州沖縄農業研究センター、長崎県農林技術開発センター、三重県農業研究所、㈱M式水耕研究所、当時私が所属していた三進金属工業㈱の七機関が集結し、不可能と云われていたイチゴの水耕栽培「培地レス栽培」を可能とするための取組であった。

水耕栽培とは、培地を使わず肥料を含んだ養液だけで栽培できるので、培地（土）等を使用しないので、土の管理の手間だとか重量物を扱わないので、軽作業化できる利点はあるが、細心の管理が必要などクリアしなければならない課題も多い。

イチゴの水耕栽培については、一九九〇年代先進的に取り組まれてはいたが、根圏の管理が難しく、安定的な栽培ができないと農家的には殆ど導入されていなかった。これを最新の画像解析技術を活用して、可能にしようと産学官の機関が集結しチャレンジが開始された。三カ年の研究結果は、収量、品質、栽培管理技術等々、これまでの培地活用と比較しても遜色ない値が得られ、実用化可能の結果を得ることができた。

この研究で使用された品種は「よつぼし」「恋みのり」の二品種ではあったが、さらなる品種での実証や、実証面積の拡大が見込まれている。これから五～十年後には、イチゴの水耕栽培が一般化の時代になっていくと思われるが、その橋頭堡構築が、最後の仕事としてできたこと、傘寿に至るまで現役で仕事に携われたこと、良かったなぁと、しみじみ思っている。

跋　小倉はじめさんの歌

草壁焔太

いい年に
したいわね
と
妻の声に
あーとだけ

これは小倉さんの最初の頃の歌である。いい歌を書くな、と思った。良元さんの友人で、技術者であることは知っていた。本書の第二部に、仕事人生のことも書かれているが、熱心に読んだ。面白かった。岡野忠弘さん、良元さんとの縁で、五行歌には科学技術系の歌人が増えたが、実は私にも別の顔があって、詩では食べられないので、科学技術系の本を作る仕事をしていた。

読売科学選書というシリーズは、私が編集し、代筆もし、製作したものである。だから植物工場の話は、自分のことのようにわくわくして読んだ。

そうか、小倉さんがやっていたのか、と思う。

詩歌にも、科学にもよい感性が必要、彼らはいい歌を書く。私はずっとそう信じており、間違いはなかったと思う。

わたしの
優しさと正直さは
胎内で
母に
もろたんや

小倉さんの人柄がよくわかる。ほんとうに、そうだなと彼を知る人は感じるであろう。同時に、みんなそうだなとも。私も、母にもらった優しさを裏切らないようにしたいと、つい思った。

仕事の歌では、

コツコツ積み重ね
やり切ったプロジェクト
それは組みあがった
石垣のよう
姿が美しい

彼にとっての植物工場が見えてくる。いろいろな問題を乗り越え、実用の世界でも完璧なものを作り上げた。その全体が、石垣のように美しいという。よい仕事をし、またそれを歌に書ききった。小倉さん、おめでとう。いい歌集になりました。

あとがき

今年、八十才を迎えた。今までは自分自身で、年だなと感じる実感はあまりなかったが、階段を昇るときの足の動きであったり、ちょっとした動作に、何となく今までとは違うなと思うことも出てきた。そうだな、八十なんだからと自覚し始めてきている。

いつまでも元気だとの保証はない。しからば、記憶がはっきりしている間に、自分自身の歩いた道を振り返るなど、物質化して残しておくのもいいかなと思い始めた。同僚だった、今南道也さんが、そらまめ文庫から歌集を出された。あーこんな形もあるかなと思った。

しかし、歌集を出そうと決めるまでには、まだ躊躇があった。自分の歌に、自信も無かったし、人様に披露できるような歌が、一体何首あるだろうか、とてもとても歌数がない。同人ではありながら、本誌投稿も欠席続きで、月一の歌会用の歌を作るだけ。歌人ですとは、とても云えない自分を自覚していた。

我が家の購読新聞は読売で、「時代の証言者」というコラムがある。有名人の楽屋裏話的なエピソードは、コラム筆者の歩んできた道や思い、それに関わってくる周辺の人々、などの群像が描かれ、改めて、その人となりや人間性を再認識させられることが多く、興味深く必ず目を通す部分である。そうだ！　歌集にこれら要素を組み合わせたものにしたらとのアイデアが生まれた。

きんきサロンメンバーにも相談したら、「ぜひ発行を」との声が多く、心配していた歌数は、本部の水源さんに連絡すると「十分ありますよ！」と、本誌投稿分データを送っていただいた。

歌集とはいえど、自分勝手な散文を加えても歌集として成り立つのか？　が一番思案した点である。社名や個人名に代名詞使うべきでは…との懸念もありましたが、実名だから生まれてくる現実感がある。記載させていただいた皆様には、その趣旨をくみ取っていただきご容赦をお願いしたい。

また、こんな形の歌集があってもいいのか？　には、草壁主宰から、「それぞれ色々な形があっていい。思い切ってやりなさい」の後押しをいただき、出そうとの決心に傾いた。

最後になりましたが、跋を寄せていただいた草壁主宰、契約手続きでお世話になった三好副主宰、編集担当いただいた水源純さん、装丁担当のしづくさん、選歌のお手伝いいただいたきんきサロン伊吹代表など、発行をサポートしていただいた皆さまに感謝です。

小倉はじめ

２０２４年　９月

小倉はじめ
1944年京都市生まれ、滋賀県在住
日本生物環境工学会理事
五行歌の会同人、きんきサロン会員

そらまめ文庫 お 4-1

小倉はじめ百首

2024年10月27日　初版第1刷発行

著　者　　小倉はじめ
発行人　　三好清明
発行所　　株式会社 市井社
〒162-0843
東京都新宿区市谷田町3-19 川辺ビル1F
電話　03-3267-7601
http://5gyohka.com/shiseisha/

印刷所　　創栄図書印刷 株式会社
装丁　　しづく

ISBN978-4-88208-215-6

五行歌五則［平成二十年九月改定］

一、五行歌は、和歌と古代歌謡に基いて新たに創られた新形式の短詩である。

一、作品は五行からなる。例外として、四行、六行のものも稀に認める。

一、一行は一句を意味する。改行は言葉の区切り、または息の区切りで行う。

一、字数に制約は設けないが、作品に詩歌らしい感じをもたせること。

一、内容などには制約をもうけない。

五行歌とは

五行歌とは、五行で書く歌のことです。万葉集以前の日本人は、自由に歌を書いていました。その古代歌謡にならって、現代の言葉で同じように自由に書いたのが、五行歌です。五行にする理由は、古代でも約半数が五句構成だったためです。

この新形式は、約六十年前に、五行歌の会の主宰、草壁焔太が発想したもので、一九九四年に約三十人で会はスタートしました。五行歌は現代人の各個人の独立した感性、思いを表すのにぴったりの形式であり、誰にも書け、誰にも独自の表現を完成できるものです。

このため、年々会員数は増え、全国に百数十の支部があり、愛好者は五十万人にのぼります。

五行歌の会　https://5gyohka.com/
〒162-0843東京都新宿区市谷田町三―一九
川辺ビル一階
電話　〇三（三二六七）七六〇七
ファクス　〇三（三二六七）七六九七